KB041882

천년의 시 0127

와랑와랑

천년의시 0127
와랑와랑

1판 1쇄 펴낸날 2022년 3월 4일
지은이 김젬마
펴낸이 이재무
기획위원 김춘식, 유성호, 이형권, 임지연, 홍용희
책임편집 박찬세
편집디자인 민성돈, 장덕진
펴낸곳 (주)천년의시작
등록번호 제301-2012-033호
등록일자 2006년 1월 10일
주소 (03132) 서울시 종로구 삼일대로32길 36 운현신화타워 502호
전화 02-723-8668
팩스 02-723-8630
홈페이지 www.poempoem.com
이메일 poemsijak@hanmail.net

김젬마ⓒ, 2022, printed in Seoul, Korea

ISBN 978-89-6021-618-1
        978-89-6021-105-6 04810(세트)

값 10,000원

와
랑
와
랑

김 젬 마   시 집

천년의 시작

시인의 말

바람 한번 안아 보고 구름 한번 쓰다듬으며 달팽이처럼
걸어 본 길
그 길에서 만난 하늘 구불길 느릿느릿한 조랑말 간세까지

친구들을 불러 보았다.

차 례

시인의 말

제1부

제1부

비 오는 아침

새들은 어디로 비를 피했지

꽃을 따 먹고 간

아기 사슴은 어디에 있을까

수직으로 떨어지는

굵은 비가 사선을 긋고 간다

노스님

푸른 창공 호령하며
우주선을 발사하고
하늘을 찌르는 마천루는
어디까지 쌓아 올릴까
노스님의 기침 소리에
잠시 서성인다

산사의 풍경 소리 부동의 자세로
무릎 꿇고 아득한 서방정토 향하여
저녁 예불을 드린다
지상의 염원을 합장하고 나직한 목소리로

'성불하세요'

희망가

아침 창가에

쏟아지는 해님은

하루치 그물을 친다

성긴 그물 속으로

빠져나갈 근심들

오늘은 서툰 왼손으로

짜 봐야겠다

비애

잠자던 세포를 깨운다 쪼르륵 내장이 움직인다. 세포들은 작은 섬모를 일으켜 세우고 포획의 채비를 한다 배를 꽉 졸라매며 허기를 숨기고 병아리가 될 달걀 제 몸을 끓는 물에 담그고 반숙과 완숙을 오가며 접시에 담겨 보름달이 되었다. 내장은 잠시 멈춰 선다. 성찬이 차려지고 포만한 배는 후줄근한 비에 비릿한 머리 쓸어 올리며 전사한 달걀을 잠시 묵도한다.

예감

구름 자를 만들며

하늘을 가로질러 가고 있다

복福 사발

익지 않은 생각을 담는다

설익은 생각은 양념을 하고
잘 익은 느낌은 간을 해서
깊은 맛이 들 때까지
가만, 가만히 두자

어제도
오늘도
복 사발에 담아 두면
복福이 되어 나오는
딱개 친구네 복 사발

할머니가 물려준
복 사발을 모셔 와
오늘도 내일도 복을 청한다

사진가의 눈

초록 그늘에 모여 이사 가는 개미의 발자국을 보았다 나뭇잎 수액을 마시며 하늘을 올려다보는 개미 벗잎의 밀선을 타고 지구를 바치고 있다 솔내*는 열심히 세상을 저울질하는 개미들의 일상을 포착한다 지구를 떠받치는 개미의 힘을 찍고 있다.

* 솔내: 흑백사진 그룹.

어머니

콩기름 먹인 장판지
정갈하게 깔아 놓은 이불

가지런히 벗어
장롱 손잡이에 얌전히
걸어 놓은 양복 윗도리

엄마! 하고 달려온
빨간 핸드백
머리맡에 놓여 있다

품품히 꼭꼭 접어 숨겨 둔
돈이 사라졌다고
아들딸 불러 모아
온 집안 발칵 야단이 나던 날
어쩌랴
세월에 장사 없는
호두 같은 마른 기억

'돈이 여기 있네'

>
옥수수알처럼
하얀 이 드러내며
배시시 웃으시는 어머니

"아직은 혼자 할 수 있어"

수줍음 몰래 등 줄 타고
힘없이 내려온다.

할까 말까

"놀까 말까 — 논다.

여행 갈까 말까 — 간다.

수 배울까 말까 — 배운다.

옷 살까 말까 — 만다.

산책할까 말까 — 한다.

야식 먹을까 말까 — 만다.

공부할까 말까 — 한다."

오늘은 연애를 할까 말까……

1그램의 용기는

1그램의 용기를 예감해 준다

* 한비야의 『1그램의 용기』에서.

사랑하는 이들아

부지런한 아침
뻐꾸기, 종달새가 흔들어 깨우고
한낮엔 가슴 위로 뜨거운 소식이 날아든다
북풍에 실려 온 이야기들
서산의 노을과 교대할 시간
다람쥐 도토리 물고 와 나눠 먹자 한다

'잘 지내고 있소?'

서둘러 떠나던 그날이 생각나오
까치발로 재롱부리던 아들도
소주잔 부어 주는 청년이 되었구료
내 사랑 딸 바보 참 바보였구료
고맙소!
사랑하는 이들아
날마다 구름 편지 받아 읽고
눈 오는 날에 적어……

이쪽과 저쪽은 밤과 낮이 같구나

앰뷸런스

펄럭이는 플래카드
삶과 죽음의 간극은 한 치도 안 되는데
응급실 향해 가는 길은 멀기만 하다

자꾸 옆으로 쓰러져 간다
눈 좀 크게 떠 봐
감으면 안 돼!
절대로 감으면 안 돼!

허둥대며 아는 길도 놓쳐 버리고
길은 점점 멀어지고 아득하다
목숨을 손에 쥐고 초를 다투며 달려간다

"왜 이리 나빠졌나
머리에 이상이 온 것 같다
빨리 중환자실로 옮겨라."

피돌기는 청색증
얼기설기 링거 줄이 매달리고
핏줄 찾기 전쟁

숨어 버린 정맥 나타날 줄 모른다

낙엽처럼 바스러지는 숨
생이 이처럼 홑이불 같으랴
기름이 다 닳은 등잔불
마지막 빛으로 한 번만 한 번만 더

가는 눈이 파르르 떨리며
발가락이 한 번 움찔한다
앰뷸런스 기적의 하루
긴 숨을 뿜으며 다시 준 하루는
길고 아득하기만 하다

늦가을

가을을 머리에 이고
젖은 까치발로 화살표를 찍고 있다
그리운 고향길

방향키

강남 제비는
수만 리 길을 바람 타고
아지랑이 아른대는 벌판을 지나
성근 싸리문을 열고
박타령을 불러 준다

하얀 박꽃 보름달만큼 배불러 오면
외양간 송아지 어미 소를 툭툭 치받으며
젖살이 오른다. 우물우물 여물 씹는 소리
아빠 소도 덩달아 핥아 준다

이랑에는 고구마 주렁주렁 달려 나오고
비득비득 마른 고구마 달기가 그만
북풍에 문풍지 울어 댈 때면
제비는 국화꽃 창호 문에 기웃하다
나뭇가지 하나씩 물고
먼 길에 오른다

개미 마을

"집 팔고 여기로 와요"
홍제역에서 10분이면 가는 마을
서울의 가장 높은 곳에서 내려다보는 시골 마을
"꼭대기 한번 올라가 봐요. 얼마나 좋은가 몰라요"
인왕산이 새파랗게 보이고
철마다 갈아입는 옷을 벗 삼아 사는 동네

유년의 풍경을 마주하는 곳
빌딩 숲이 수줍어하는 마을이다
지붕에 용마루 깔고 계신 할아버지
빨랫줄에 그 집 식구들이 올망졸망
벽화 속에는 돼지들이 꽃을 들고 있는 곳

개미 마을의 주인공은 따로 있다
수십 년 마을을 지켜 온 주민들과
담장 아래 나란히 된장 고추장 간장 항아리가
주인공들이다

사는 건 불편투성이지만, 이곳을 떠날 생각은
한 번도 해 본 적이 없는 곳이란다.

정든 것들 고물고물 발을 잡고 있는 곳
"호박 하나 줄게 갖고 가, 호박?
서로들 노나 먹어요. 호박, 고추, 상추, 다 노나 먹어요"
종이에 싸서 더 예쁘고 잘생긴 놈 챙겨 주시는 주름진 손
구수한 사투리가 서울 깍쟁이들 머쓱게 한다

"뭐이 좋아! 시골 멩이로 나눠 먹기 좋아"
아주머니 인심에 사람 냄새 나는 곳
달리아꽃 앞에서 옥수수알처럼 하얀 이 드러내고
찰칵! 수줍음 여미는 모습이 정겹다.
"이쁘셔, 이쁘지도 않은 걸 이쁘다고 해, 이쁘구먼"

어여 가, 손짓하는
도심과 동떨어진 달동네라지만
세상 어디에도 없는 개미 마을
옆에서 가만히 듣고 있던 대추가
발그레하게 익어 가고 있다.

수탉 공책

큰언니같이 예쁜 국화꽃을 따서
문고리 옆에 창호지를 덧대어 바르는
쨍쨍한 가을을 보내고
팽팽하게 북소리 나는 창호 문에
첫눈이 내리는 아침이면
밖에서 눈이 토방까지 쌓였다고
대빗 자락 들고 나가시는 아버지
맨발의 닭들이 뛰어나올 즈음
창 구멍을 침 발라 뚫고
하얀 눈이 허벅지까지 쌓인 눈을
보는 순간
빗자루 몽둥이가 날아드는 줄도 모르고
구멍은 점점 커져만 갔다
황소바람이 들어올 때야 번갯불이 내려치듯
아이고야! 나 죽었구나
부지런한 수탉은 하얀 공책 펼쳐 놓고
ㅅ . ㅅ . ㅅ . 부터 써 나가며 달려가고
시침 떼고 바둑판 공책에 ㄱ 자부터
얌전히 써 가는 공책을 보시고
들었던 빗자루 몽뎅이를 내려놓으신 아버지

조간신문

하늘이 눈치를 본다
밤새 도착한 소식이 열린다
가슴 쓸어내리는 사건들
사천왕처럼 눈을 부릅뜨고 있다

보스포루스 해협, 고향을 버리고 난민선을 타야 하는 쿠르드족의 행렬 보드룸* 해변가엔 밤새 파도에 떠밀려 온 인형 같은 아기가 엎드려 있다 세 살짜리 아일란 쿠르디 철썩이는 파도에 얼굴을 묻고 세상을 채 알기도 전 아기는 엄마 손을 놓치고 파도는 밤새 아기를 데려다 놓고 통곡하며 떠나갔다 먹먹한 아침, 침묵이 흐르고 경찰은 아기를 안고 굵은 눈물을 파도에 떨구고 있다 아빠와 놀던 천진한 사진 한 장 아빠는 신문을 보고 절규한다

'내 아이는 내 아이는……'

* 보드룸: 터키 남서부 휴양지.

미루나무

1

끝없이 펼쳐지는 고비사막
미동도 하지 않는 개미
그대로 멈춰라!
구운 달걀이 되는 뜨거운 사막 길
노승의 발자국을 따라가 본다

저승이 귀띔하여 바랑 메고 떠나온 길
걸음 내려놓은 곳이 이승의 마침표
이 길엔 노승의 기침 소리가 들린다

2

수백 년 전 모습 그대로
살짝 흘러내린 귀밑머리
길게 자란 눈썹
일하다 멈춘 손톱의 때까지
금방 일어날 것 같은 모습으로
어서 오라 손짓한다

3

노란 손을 흔드는 미루나무 아래

별들이 쉬어 가라 일러주는 건넛마을
잎을 뒤집으며 쉬어 가라고

눈에, 심장에, 혈액순환에 좋은……
머리부터 발끝까지 갖가지 명칭을 달고
건포도는 사막의 의사로 굳게 자리해
오가는 발길 멈추게 한다

4
초원의 길이었다, 비단 길이었다

온몸을 흔들어 대며
팔랑팔랑 뒤집어 주는 미루나무 잎
잎자루부터 흔들며
노란 경을 하루 종일 읽고 있다
사막을 거뜬하게 안내하는 노란 손
잠시 쉬어 가는 나그네 이정표

월야 천에 초승달이 걸려 있다.

돌팔이 약장수

세계는 코로나 전쟁
의심의 눈초리
혹시 확진자가 아닐까
슬며시 꽁지를 내리며
자리는 피하는 일상이 되었다
갖가지 묘안이 등장하고
세계가 탄복할 미국의 트럼프*
"표백제는 5분 안에 코로나 바이러스를 죽이고
살균제는 30초 안에 코로나 바이러스를 죽인다"
백악관 코로나 태스크 포스의 정례 브리핑
자신감 충천하는 트럼프
인체에 살균제를 주입하자!
기상천외한 발상에 미국이 발칵 뒤집혔다
세계도 놀라 어리둥절
소가 웃을 일이다
트럼프는 배를 산으로 몰고 가는
요지경 중이다

* 트럼프: 45대 미국 대통령.

나 중심

오래도록
나와 형제들 손금을 펴 보았다
어느 손에 화가 잘게 잘게
새겨져 있는지

소리 없이 소리 없이

오리가 노니는 강가
하얀 눈을 쏘대며 서성이는 나를 세운다
물 밑의 내 발을 보라고

검은 물풀 줄기는
강 속으로 기둥을 박고 맑은 물을 끌어 올리며
햇살 번지는 파란 이파리에 쏟아 놓고 간다
잇달아 강물은 잘게 새겨진 손금을 얼른 지우고 간다

소리 없이 소리 없이

제2부

하얀 시트

시트 위엔 촉수 잃은 가로등, 희미한 숨소리만 가늘게 떨고 있다.

미토콘드리아 원형질. 꺼질 듯 움직이는 폐부. 침묵이 깊숙이 파고든다

놓칠 듯 맥박이 손에서 사라져 간다. 어느 허공을 잘라 내어 가위질해야 할지.

가물거리는 의식 하얀 시트 위에 토막 나고 있다.

연도*

하늘도 알아주는 아침
어제도 오늘도 부고訃告 소식에
연도 책을 들고
이승과 저승을 연결한다

편안한 곳으로
고통 없는 낙원으로
천사의 호위를 받으며

옷 매무새 고쳐 입고
"깊은 구렁 속에서……"
이별의 끝자락 슬픔도 멈칫
바람 상여 들여와
지상에서 가장 엄숙한 의식이
치러지는 순간이다.

* 연도: 천주교에서 돌아가신 고인에게 드리는 기도.

유혹

발자국을 따라가는 길
시험대에 오른 추락산
"당신이 예수라면 이 절벽에서 뛰어내려 보시오"
이천 년 전 걸어가던 그 길을 걸어 본다
발자국 따라 내 발자국을 덧대어 본다
갈릴레아 호수 나자렛 마을 길
노란 겨자꽃은 깨알 같은 손으로
유혹의 옷을 벗겨 놓는다.

맨해튼 42번가

붐비는 거리, 오대양 육대주가 모여
낯설게 걷는 맨해튼
밀리는 신호등 아찔한 마천루
차창 밖으로 보이는 풍경 속으로
빌딩 숲을 지나간다

키 작은 사나이가
열심히 사진을 찍어 주고 있다.
빌딩처럼 높은 애인
하늘로 고개 들어
레이저 눈빛을 쏘고 있다

숭고한 사랑을 보는 순간
키 작은 사랑은 빌딩보다 높은
엄숙한 경의를 표하는 "난쏘공"* 되었다

사랑하는 눈에는
오직 사랑의 키만이 존재한다

* 난쏘공: 소설 『난장이가 쏘아 올린 작은 공』.

오월

촛불 속에 스며든 오월의 밤
꽃으로 찬미하는 로사리오
떨리는 손을 모은다

바람 앞에 흩어지는
꽃향기 알알이 꿰어
감꽃 목걸이 꽃등에 걸고
촛불은 녹아내려 하얀 학 한 마리

간밤 비는 유년의 시간을 한 줄로 세워
기억의 창고를 방문한다
깨알 같은 글씨로 안부를 적노라면
똘망한 너의 모습 점점이 줄지어 간다

갯벌의 새들도
발자국 글씨로
밤새 너의 안부를 써 놓고 간다

밥 냄새

고슬고슬
자르르한 윤기
제 몸을 굴리며
숨을 타고 빨려 든다

가난이 문지방을 타고 넘어
지게 다리 밑에 앉아
숨어서 보고 있다

밥심으로 살으셨다는
솥뚜껑의 비밀을
이제야 알 것 같다

엄마 냄새였구나

이런 발견

훔쳐보다 숨어 버리고 숨어 버리다 훔쳐보는 마음 길을 따라 가노라면 양심이 씨름하고 있다

유혹에 빠져 허우적거리다 양심의 저울에 올라서 한 발 들면 작아질까 흔들리는 눈금

부쩍 내면에 귀를 기울이는 걸 보면 잘 살고 내려앉는 나뭇잎처럼 가을을 닮고 싶은 마음이 아닐지 싶다

착한 일을 하면서도 계산기를 먼저 두드리고 손가락을 굴려 보는 셈 민낯으로 드러난 쑥스러움 일어 무엇이라도 부끄러움 가리려 쪽대문 열린 뒤켠에 숨고 싶어진다.

외상 장부

가을이 오면 외상 장부를 펼쳐 들고
못 갚은 곳에 빨간 줄을 친다
콩으로, 쌀로, 보리로
품으로 바꾸기도 하고
빨간 줄을 지워 가시던 어머니

나의 외상 장부를 펼쳐 본다
꽝꽝 찍힌 갚지 못한 외상값
시린 무밭에 노란 은행잎 켜켜이 쌓이던
어느 늦은 가을날
피다 말고 져 버린 사춘기 내 친구

보고 싶다는 전갈을 받고도
시험 준비라는 핑계로 손을 잡아 주지 못했던
갚을 길이 없어 가슴에 묻고 가는 외상값
오늘따라 가슴을 두드리고 간다

착한 일 스티커라도 붙여
외상 장부 훌훌 털어 버리고

또렷한 친구 별을 만나고 싶은 날이다

알고 있지 친구야!

오만한 신호

바람과 비가 사납다
도랑물이 불어 검은 망토를 걸치고
거칠게 달려오고 있다
점점 길을 점령하여 위험 수위다
북받쳐 오른 감정을 쏟아 놓은 물
일제히 일어섰다 일제히 달려가며
몸속까지 소용돌이친다
폐부에 바람이 팽창하고
모세혈관은 터질 듯 부풀어 올라
토해 낼 구멍이 필요하다
도랑은 스스로 알아 달려가지만
내 몸은 점점 부풀어지고 있다
오만이 저질러 놓은 비와 폭풍
검은 그림자에 싸인 폐부는
바뀔 줄 모르고 여전히 빨간불이다

자유의여신상

뉴욕의 거리가 붐빈다. 코로나도 아랑곳없다. 살덩이가 마음대로 출렁인다 허드슨강이 함께 출렁인다. 옷감 장수 허탈하게 가게 문을 지키고 아슬아슬 걸친 옷들 옷감이 필요 없다. 아메리칸드림 배고픔을 달래 준 선물 스판이란 기묘한 천으로 살덩이는 한없이 늘어나고 있다 가난을 혁명하자고 배고픔을 탈출하자고 꿈은 배고픔 앞에 한없이 쪼그라들고 기름진 음식 앞에 사정없이 무너지고 만다 자유의여신상의 횃불은 여전히 허드슨강을 지키고 있다

부동의 자세로

지구촌의 하루

하늘길을 열어 놓고
일상을 실어 나르는 비행기
그도 탑승하여 기생의 길을 만들고 있다
어딘가 숙주 삼아 살아야 하는
공포의 바이러스 사정없이 다가온다
공생하고 싶다고 슬며시 기어든다
뉴욕 JFK 공항은 폐허가 된 모습으로 참혹하다
꽝꽝 닫힌 상가들 검은 리본을 달고 배웅한다
공항으로 공항으로 이어지는 하루
서로가 서로를 경계하며
급히 비행길에 오르는 사람만이
무거운 가방을 옮기고 있을 뿐……

바이러스 선생도 동승하시나요?

19 경고장*

여기저기로 실려 가는 앰뷸런스 시신을 냉동차에 넣어 줄을 세워 놓았다 발을 동동 구르며 작별의 인사도 없이 서둘러 가고 있다. 허둥대는 사람들에게 얕잡아 보며 으스댄다 밤에는 삼지창을 들고 나타나 통쾌가를 부르며 종횡무진 지구의 대장 코로나 바이러스 사람이 사람을 무서워한다

코로나 그대 겸손할 줄 모르던 지구인들에게 경고장을 주러 왔구나

19 경고장 '지구에 겸손하시라'

* 19 경고장: 2019 코로나 바이러스.

달랑 남은 나뭇잎

11월은 물이 나뭇잎으로 검어지는 달,
모두 다 사라진 것이 아닌 달, 이라고 표현하는
인디언들의 달력 이름이 생각납니다.

크리스마스 장식이 거리를 들뜨게 하는 시간⋯⋯
마지막 손을 잡아 주려 한걸음에 날아가신 선생님
그 손을 잡고 가는 친구의 시간은 희망과 위로
사랑이 흘러갈 것입니다

외상 장부를 펼쳐 보게 합니다
마음의 외상값이 아직도 갚아지지 않아
한 번씩 가슴을 치기도 합니다
애타게 잡아 보고 싶었던 친구의 간청을

철없는 욕심에 사로잡혀 떠나보내야 했던⋯⋯ 중3 미자 친구
죽음 앞에서 얼마나 친구가 보고 싶었을까
얼마나 두려웠을까

제 외상 장부는 영원히 지워지지 않고 있지요
선생님은 지구촌을 넘나들며

참 나눔을 보여 주시고 계십니다

별이 쏟아지는 몽골 초원 낭만의 게르 천막이 아니라
바람과 추위를 피하는 생활의 천막으로 겨울이 되면
더 시리고 바람이 매서운 것을, 따뜻한 별이 내려다보는
벽돌집 운동을 그리 지속적으로 하셨나요

물동이를 비워야 새 물을 담을 수 있다는 선생님 말씀
2021년을 가슴에 새기며, 가장 큰 선물을 선생님이 알게
해 주십니다

이제 3일 후면 동생 친구를 만나시겠네요
달랑 남은 나뭇잎 하나 오늘은 11월을 잘 담아
지상에 내려오게 해야겠습니다.

네 손에도 내 손에도

사이렌이 울리고
달리던 차들은 갓길로 들어선다
초를 다투는 급박한 상황
휴대폰을 꺼내 든다
방금 도착한 뉴스가 앞다투어 기다리고 있다

손에 손에 들려
하루를 담금질 하는 친구
동공엔 지진이 서릿발처럼 퍼져
토끼 같은 빨간 눈을 하고 있다

아침이면 통과의례
밤새 접수된 사건이 순번을 기다리며
힘센 권력자로 버티고 있다
그들에게 빠져들고 순응하는 순간
불안까지 합세하여
그들 없는 세상을 상상하지 못한다

조용한 하늘이 이 광경을 지켜보고 있다
뭉게구름, 양털구름 그리던 손가락 붓

할머니의 이야기가 옛날이 된 지 오래다
손가락은 독수리 부리가 되어
독소를 뿜는 총구가 되었다

손에 손에 들린 무기
가장 귀한 대접을 받고 있다
이 난무한 손을 언제쯤 합장할 수 있을까
언제쯤 화첩에 그림을 그릴 수 있을까
손가락 붓으로 세상을 따뜻하게
어루만지시는 할머니가 그립다.

불의 땅 캄차카

물과 바람과 순록 고귀한 뿔을 달고 달리는 순록과 몰이꾼의 결투, 가장 적은 고통으로 신성한 양식을 준비하며 한 방울의 피로 대지의 영혼을 달랜다. 흔적을 지우고 순록을 사랑하며 함께 동행하는 유목민, 게르 천막에 하늘이 열리고 쏟아져 내린 별을 받아 갓 잡은 순록 고기와 연어알을 빵에 얹어 따뜻한 식탁을 차린다 가족이 기다릴 곳에 쓸쓸히 손을 대 보며 외롭지 않을 바람을 데려와 두런거려 보고는 따뜻해진 웃음으로 붉은 땅을 적신다.

캄차카에 유난히 밝은 별이 이 광경을 오래도록 지켜보고 있다

독일인의 변

워킹을 한다. 잘록잘록 휘청휘청 무대를 걸어온다. 채점판에 숫자 쓰는 심사 위원들 누가 더 말라깽이인가 심사한다. 앙상한 어깨 위에 걸쳐 입은 화려한 모델들 눈물이 조롱조롱 발등에 떨어질 듯 아슬거린다. 주린 배를 움켜쥔 아프리카 여인들, 허리띠를 졸라매던 춘궁기 여인들, 먹기를 거부한 모델들의 행진, 세상은 혼돈스럽다. 거식증에 신음하는 외침 소리, 조롱 섞인 웃음, 세계를 제압할 최신 모드, 그대들은 모두 최고의 모델 라인이었다. 죽은 영혼들이 일제히 일어서 걸어 나온다. 화려한 조명 속으로 워킹을 한다. 출구를 허우적거리며 여전히 말라깽이는 위대한 찬사를 받으며 걷고 있다.

라 비 앙 로즈LA VIE EN ROSE*

가슴을 울리는 소리.
인생을 노래한 소리.
슬픔을 위안한 소리.
사랑을 고백한 소리.

기립 박수는 끊일 줄 모르고, 죽음 앞에 필름처럼 돌아가는 시간들, 끊어진 필름만이 어지럽게 맴돌고 있다. 바닷가에 앉아 뜨개질을 하며, 뜨겁게 박수 치던 관객들이 파도가 되어 나타난다. 낙엽처럼 말라 가는 바스러진 머리카락, 죽음의 그림자가 지평선 넘어 다가서고 있다. 서커스단 아버지 따라 유랑하던 에디뜨 삐아프** '손풍금을 울리면서 사랑 노래 불렀었지' 열 살 소녀, 세상을 소리로 사로잡은 천상의 소리꾼, 인생이 노래이고 노래가 인생이 된 삐아프, 사랑 앞에 간절했던 온몸을 말갛게 태워 갔던 삐아프, 서서히 떨어질 준비를 한다. 누가 그 소리를 갉아먹어 가는가, 나뭇잎에 뒹굴며 말없이 파먹은 벌레였단 말인가 '아무것도 후회하지 않아' 단 한 곡이라도 노래하게 해 줘! "작은 참새". '나는 아무것도 후회하지 않아요.'

* 라 비 앙 로즈: 영화 《LA VIE EN ROSE》.
** 에디뜨 삐아프: 프랑스 샹송 가수, 1963년 작고.

해방

콜로라도주 야생동물 보호지역 타이어를 목에 건 엘크가 나타났다. 2년 전 목격됐던 엘크는 여전히 타이어를 목에 걸고 나타난 것이다. 야생동물은 이따금 민가에 내려와 먹이를 구하다가 해먹이나 옷가지를 걸치고 다니는 일이 종종 목격된다. 이번 기사에 나온 엘크는 무거운 타이어를 2년 동안 끼고 다녔다는 것이 주목되었다. 야생동물 보호 요원들은 엘크를 도와주려고 힘을 모았다. 자신을 해칠 것으로 판단한 엘크는 쉽게 잡히려 들지 않았다. 적으로 간주하고 도망가기 일쑤였다. 어둠이 내리는 숲에서 추격전이 일어나고 45분간 몰아간 끝에 마취제를 투여하는데 성공했다. 저항할 수 없는 상태에서 타이어를 벗겨 주려 했지만 2년 동안 자란 뿔이 문제였다 전기톱이 부러지고 배터리가 소모되고 난관 끝에 뿔을 잘라 내었다. "얼마나 무거웠을까요?" 사진을 보며 안타까워하는 어린 아이의 눈 타이어 바퀴가 밥그릇인 줄, 뿔로 들어 올리며 먹다가 그만 타이어 목걸이를 하게 된 사연, 동물 보호인들의 노력으로 자유를 얻은 날 엘크는 가벼운 몸으로 고맙다는 눈인사를 전하며 숲을 향해 유유히 사라졌다. 깃털 같은 가벼움으로

홍시

감나무 아래
저녁연기 까맣게
그을린 연기 밀어 올릴 즘

까마귀 언 발을 호호 불며
하얀 눈에 발그레한 뺨을
홍시에 대 보며
시린 어머니 손금을 들여다본다

추녀 끝 바람 부스러질 듯
시래기 울음소리
헛간 멍석에 돌돌 말려 겨울을 나고 있다

댓돌에 하얀 고무신
소복이 담긴 아버지 기침 소리
가늘게 떨고 가는 고양이가
앞발 들고 아버지 눈치 보며
아궁이 남은 불씨 앞에
보초를 서고 있다.

>
밤사이 토방까지 쌓인 하얀 눈
아무 일 없었다는 듯
문구멍으로 내다보는
소년의 꿈

바람 편지

타르초를 날리며

바람의 기도를 올리고

히말라야 설산을 넘어

하늘을 떠도는 편지

해와 달이 걸려 있는 샹그릴라

마니차를 돌리며

가만히 포갠 손 가슴에 얹고

수만 리 걸어온 여인은

입 속을 달싹이며

지상의 염원이 담긴 편지를 읽는다

제3부

무지개 우산

세잔은 사과보다
더 사과스런 사과를
루나는 무지개보다
더 무지개스런 무지개 우산을

무지개 우산에 무지개 비를 맞는
하트 모양 귀걸이가 달랑이는 나를 그려 주었다

무지개 비를 맞아 본다

무지개 우산을 쓰고
무지개 꿈에 젖어
무지개 옷을 차려입으면

파랑새가 찾아드는
무지개 솜씨 나라로
나는 여행을 떠난다

청설모

잭 오 랜턴(Jack-o'-lantern)* 할로윈 데이 즈음 집집마다 주
홍색 호박을 장식한다. 가을 깊은 보라색 국화와 서리 내리기
전 호박은 서로 조우하며 국화 향을 담아 놓는다 간밤 청설모
는 호박을 이리저리 굴리며 호박을 굴착하다 실패하고 말았
나 보다 국화 화분을 발로 차 넘어뜨리고 호박은 나동그라졌
다 깜짝 놀란 호박은 집 안으로 들어오고 꽃사슴도 질세라 국
화꽃 목을 똑똑 따 먹고 청설모와 합세를 한 모양이다 앞발을
놀리며 꼬리를 치켜들고 '성공해 보리라, 호박을 먹고야 말리
라' 두 눈을 부릅뜨고 공격하다

내 구역을 차지한 외계인들아! '내 밥을 내놓으라고'

머리끝까지 화가 난 청설모, 유리창만 발로 차다 호박 속
인주로 빨간딱지 붙여 놓고 씁쓸히 떠났다.

* 잭 오 랜턴(Jack-o'-lantern): 할로윈 축제 전야제에 유령처럼 보이게 만
든 호박 등불.

몽돌 선생님

동글동글 친구들 이야기꽃이 폈다
크리스탈 그릇에 몸을 담그고
서로 몸을 부비며 바다 이야기에 빠졌다

대서양 파도는 사납게
내 몸을 달구었고 서로 부딪치며
눈물도 삼켜 버렸다
울컥울컥 울음도 뱉어 놓았다

저마다 몽돌은 옷도 색도 사연도 다르다
하얀 네가 있어 검은 내가 빛나고
자줏빛 네가 있어 우아한 자태로 뽐낸다

저요 저요 손을 든다

'나는 언제 몽돌처럼 되나요?'

한참 생각에 잠긴 몽돌 선생님
파도에게 묻고 있다

행복 미장원

1

어찌 저리 되었지
'나는 몇 살이지?'
언제부턴가 이름표를 달고 나면
망망대해 표류하는 돛단배가 된다
파도가 데려다주는 대로
그곳이 그곳인
노쇠한 세포는 이치대로 찾아들어
기억의 총량을 저울질하며
솔로몬의 지혜를 찾아 헤맨다

2

다섯 살 루나는
미장원을 차려 놓고 손님을 맞는다
"무슨 머리를 하고 싶어요?"
"삐삐 머리도 하고 싶고, 조랑말 꼬리 머리도 하고 싶어요."
요리 묶고 저리 묶고 거울을 비춰 준다
거울을 보여 주며 맘에 드냐고 묻는다

루나와 할머니는 친구

할머니는 우리들에게 열 살씩 나눠 주시고
다섯 살만 남았다

꽃비

하얀 비가 나비처럼
지상에 내리는 조용한 오후
기운 해를 어쩌지 못하고
방황하고 있다

손등에 살포시 내려앉은
꽃잎 한 장
낯선 얼굴로 어리둥절한다

저녁이 머뭇머뭇 식탁에 차려진다
서로 얼굴만 바라보며 굳게 다문 입
손등의 꽃잎만 만지작거린다

편지를 열어 보며
낯선 바이러스를 발견한다
꽃잎이 황급히 식탁을 떠난다

숲속 친구들

1
나는 누굴 닮았지
내 등에는 꽃무늬가 있는데
엄마 등에는 아빠 등에는
꽃무늬가 없잖아

진짜 엄마야?
진짜 아빠야?

'너는 다리 밑에서 주워 왔어'

우리 엄마가 정말 아닌가
엄마 찾아 삼만 리
출생의 비밀, 꽃사슴은 슬픔에 잠겨
토끼에게 물어본다

태양이는
가족사진 찍어 주며
위로해 준다

>
묵묵히 지켜보던 아빠 사슴
슬며시 큰 나뭇잎 하나 놓고 간다

그 광경을 지켜보던 구름 아저씨
그 모습을 지켜보다
솜사탕 같은 구름 과자를 놓고 간다

2
창문을 톡! 톡! 톡!
다람쥐가 재빠르게 주의를 살핀다
잘 익은 펌프킨 이리저리 굴려 보다
발로 차고 발톱으로 긁어 보다
허탈하게 보라 꽃만 따 물고 갔다

오후 해가 큰 키를 자랑할 때
토끼는 두 귀를 쫑긋 세우고
환약 같은 알약을 보드라운 풀에
모락모락 쏟아 놓았다
명의로 소문난 병원을 차린 모양이다

>
3
힘센 청설모 공중 재주 부리며
서커스단을 차리고
우아한 꼬리를 치켜들며
숲속 왕은 나야 나!
연신 오르락내리락
누가 믿어 줄까 싶다

4
반딧불이는 꽁지 불 붙이고
무도회 준비에 한창이다
기회를 노린 모기 친구들
관객들 틈에 슬며시 앉는다
맛있는 저녁 밥상이 으하하하

초대받은 루나는
뾰족한 주사를 알아차리지 못하고
모기들의 밥상이 되었다
야속한 숲속 친구들아
꽃무늬 된 내 팔뚝 좀 봐

웅성거려요

씨 지갑에 꽁꽁 싸여
태평양 건너 이국땅에 내렸다
봄이에요 봄!
목청껏 외쳐도 밖으로 나갈 기미가 없다

누구 꿈에 나타나 볼까
새벽잠에 곤한 친구 흔들어 볼까
태양이 손에 꽃씨를 들려 주고
꽃밭 만드는 꿈을 꾸게 해 볼까

지갑에 싸 온 꽃씨,
보랏빛 황홀한 꿈에 실려
부드러운 흙에 구멍을 뚫고 톡!

이국땅이 낯설지 않도록
포근한 이불을 덮어 주고
몸을 열고 나올 때 눈이 부실 것 같아
차양도 만들고 담장도 만들었다

하룻밤 사이

아뿔싸! 나팔꽃 씨는 온데간데없고
콩콩 심은 자리는 아수라장

"앗! 꽃씨가 사라졌어요.
꽃씨를 누가 훔쳐 갔어요"

청설모 아저씨 싱긋, 웃음 한 번 날리며
아니라고 꼬리를 치켜세우고
나무 위로 유유히 사라진다

화단 옆 다람쥐
웅성거리는 소리에 놀라
까만 눈을 요리조리 굴리다
머리를 긁적이며 내 밥인 줄 알고 그만
다 먹어 버렸지……
겸연쩍은 미소로

한바탕 꿈꾼 나팔꽃 사랑
일장춘몽이 되고 말았다

심심풀이 화가

기법도
도구도
욕심은 더욱 없다
그저 심심해서 그려 보는 일

손가락 붓으로 그려 내는
할머니 화가
엄지손가락 꾹꾹 눌러
흐드러지게 벚꽃이 벙글고
꽃들이 심심할까 새 한 마리 앉힌다

가슴 열고 엿듣는 담쟁이
꼬리 치며 반기는 누렁이
새들은 보름달도 물어 와
할머니 화폭에 앉는다

"나는 심심풀이로 그려"

막내아들 손잡고 문구점에 가면
붓이랑, 화첩이랑, 물감이 모두

이름난 아들 화가보다 더 멋진
동화 같은 할머니 그림

유명한 아들보다 더 인기가 많다

할머니 그림 앞에 서서
할머니! 그림이 좋아서
할머니! 사랑이 좋아서
할머니! 동심이 좋아서

"이 사람들아 심심풀이가 이런 거야."

루나의 일기

하얀 피부를 가져서 '설이'라고 해요
작고 귀엽게 만들었어요
피노키오 제페토* 할아버지께
영혼도 불어넣어 달라고 했어요
안녕! 친구들
설이는 하루 종일 해님과 놀았어요
'학교 갔다 올게' 안녕 설이
꼭 기다리고 있으라고 당부했어요
꼼짝없이 해바라기를 한 설이는
정신없이 놀다가 그만
하하하 눈썹이 떨어지고
입도 삐뚤어지고
맘씨 좋은 할아버지 눈이 되었어요
코는 어디로 갔지?
설이는 걱정이 시작됐어요
해님이 설이를 놀려 주었나 봐요
루나를 애타게 기다리고 있어요
'어쩌나 설이가 슬프겠다'
떨어진 눈, 코, 입을 주워 들고
루나는 설이를 위로하며

더 예쁜 눈 코 입을 만들었어요
구름 아저씨를 좋아하는 설이는
멋진 소풍도 함께 가고 싶어 해요
씽긋 웃는 설이 맘이 놓여요
고마운 루나
오래오래 견딜게

* 제페토: Geppetto. 피노키오 동화에서 나무를 깎아 피노키오를 만든
  목수 이름.

마음이 급해요

구름아 해님을 가려 줘
몸을 가눌 수 없게 쓰러져 가고 있어
팔도 내려놓았어요
급하게 엘리 할머니 문자가 왔어요
심폐소생술을 하라고요
안 돼요! 안 돼요!
설이가 가면 안 돼요
닥터 리와 루나, 체온을 재고
이마를 짚어 보니 너무 차가워요
낮 12시 3분
온몸을 다 사르며 지상의 삶을
내려놓았어요
설이와 행복했던 시간들
헤어져야 하는 슬픔
행복을 나누었던 분들께 조문을 보냈어요
슬픔을 함께하는 엘리 할머니
끝내 살려 내지 못한 태양이, 루나
슬픔을 감추지 못하는 바람 친구 숲속 친구들
얌전히 손을 모아 애도해요
'부디 잘 가시게' 엘리 할머니 위로의 전문

사인은 지구 온난화로 인한 급격한 기온 상승
유행하는 코로나19는 아니었어요
설이가 있던 자리엔
덩그마니 모자만 놓여 있어요
슬퍼하지 마!
다시 눈이 되어 돌아올게
자꾸 하늘을 올려다보지 마

기도

루나!
"하느님 날이가 더워서
해님이가 추워지게 해 주세요"

태양이!
"하느님 구몬 수학 그만하게
해 주어서 고맙습니다!"

고사리손에 모아진
간절한 기도

하느님은 슬며시 웃고 계시네

꿀 먹은 벙어리

말이 없던 명숙이
파리가 얼굴에 앉아도
눈으로만 쫓아내던 얌전한 친구

날쌔게 쫓아내며 결투를 벌이다
유리잔을 깨뜨리기도 한 사나운 나
그런 손을 들고 아직도 부끄러운 줄 모르는

지금도 파리를 눈으로만 쫓고 있겠지
말수가 적은 명숙이는
인생을 먼저 알아본 것이지

꿀 먹은 벙어리로 살라는 말
내게 이르는 말이었네

구름 공장

초록 바람으로 풍차 손을 빌려 구름 공장 차렸다
바람개비 열심히 부채질하며 구름을 밀어 올린다
초록 바람 아저씨 바쁘다 바빠

솜사탕이 먹고 싶어 부탁해도 될까요?
'구름 공장 아저씨 힘 좀 써 봐요'

손바닥에 주문서 펴 보입니다.

타전*

바람이 막 데려가고 있어요

가을을 더 잡아 볼까요?

* 사진 한 장을 보내다.

답신*

'잡을 수 있는 만큼 잡아 보세요
옷자락이라도
허나 가시는 님의 마음만 잡는다면
까짓것 옷자락이야 그냥 보내 드리지요'

'예쁜 가을이 오는 소리가 들리네'

'우리에게 다가오는 자연 현상을
그렇게 곱게 시어로 표현하는 젬마
축복이어라'

'눈이 없는 Hemet**에 겨울이 너무 미워서
가을을 잡고 싶네요'

'빛이 환상이다'

'요즘은 세월이 넘 빨리 지나가 잡히지 않아요
이 계절엔 자주 상념에 잠기곤 하네요'

'색깔이 너무 예쁘네요'

＞

'언니 님 소녀 같은 감성 부러워요'

'눈부시게 이쁘네요'

'언젠가는 바람을 타고 멀리멀리 가겠지요'

'가을 데려가는 바람을 막아서서
꼬옥 붙드세요'

'가을이 가야 겨울이 와요!
그냥 그렇게 잡지 말고 보내 줘요
우리의 인생도 그렇게 가고 다시 오듯이……'

'아직 겨울을 맞이하기엔 좀 이르죠'
'그렇네요
세월도 빠르고'
'저는 요즘 내게 다가오는 바람도 만지고
푸른 하늘 그리고 구름도 마음으로 초대하여 만지고
잠깐의 가을과 만나는 중입니다'

\>
'더 잡아 봐요
괜찮은 걸로……'

'상상할 수 없었던 표현에
오늘도 또 감동이네요
와우~~'

'예쁜 가을 엽서로군요'

'밧줄로 매 봅시다'

'색색의 가을이 정말 예쁘네'

'꼭 붙들어 주세요'

'부는 듯 불지 않은 듯
오고 가는 바람
흐르는 듯 흐르지 않은 듯
오고 가는 강물
그런 세월 어찌 멈출 수 있으리오.

나이 듦도 즐거움이어라!'

'네! 잡아 주세요'

'너무 사진을 잘 찍으시네요
나중에 사진 잘 찍는 법 강의 좀 해 주세요'

모두 가을 시인이 되다.

* 사진 한 장을 통해 감상하고 난 후 모두 시인이 되었다.

** Hemet: California.

눈사람 1

온통 세상을 묻어 버린 하얀 눈밭
눈부시게 빛나는 아침이다
간밤에 사슴은 어디서 잤을까
다람쥐는 어디로 눈을 피해 들었을까
파 머리 움찔 키워 올리던 새싹은 어디로 갔을까
눈치 빠른 청설모는 어디서 기웃하고 있을까
눈밭 위에 숨어 버린 친구들
하나씩 호명하며 눈사람을 만든다
삐뚤빼뚤 굴리며 호호 부는 얼음 손
'눈사람 아저씨! 당근 코를 만들까요?'
큰 눈이 좋아요?
빨간 입술이 좋아요?
모자를 씌워 드릴까요?
웃는 모습이 좋을까요?
화난 모습이 좋을까요?
태양이는 주문대로 멋쟁이 눈사람을 만들었어요
사슴이 착각하고 놀라 달아나면 어쩌지
양지바른 곳에서 빙긋이 웃고 있어요.
외투도 입혀 주면 좋겠지요?
우리 가족은 다섯 명이 되었어요

따뜻한 입김 호호 불며 옛날얘기 들어요.

눈사람도 끄떡거려요

눈사람 2

아침이 되었어요
눈사람 아저씨가 대문 앞에서
멋지게 지키고 있겠다고 했는데
어머나!
하얀 얼굴
까만 눈썹
바다에서 데려온 콩돌 같은 까만 눈
예쁜 단추가 떨어졌어요
앰뷸런스를 불러야 한대요
심술궂은 청설모
아저씨 코를 물고 갔나 봐요
모자도 벗겨 놓고 달아났어요
눈사람 아저씨는 맘씨 좋게
다 내주었대요
루나는 당부해요
오늘 밤에는 제발 가만히 있지 말고
잠도 자지 말라고요
'눈사람 아저씨 내일 다시 봐요'
의사가 된 태양이 열심히
눈, 코, 입 새로 고쳐 주었어요.

흐뭇하게 웃고 있는 아저씨
애써 볼게!

눈사람 3

가는 눈
꽉 다문 입술
학교에 갔다 온 태양이
눈사람 아저씨와 한참을 얘기하다
엘리 할머니한테 전화를 했어요
뒷모습을 찍어 보냈더니
척추측만증일 것 같다고 해요
무슨 소리지?
허리가 옆으로 삐뚤어졌어요
하루 종일 해님 지치기를 하다
그만 허리를 다치고 말았나 봐요
오늘은 정형외과 의사가 필요하대요
해님은 심술쟁이 같아요
이모가 청진기를 사 주었는데
심장 소리도 잘 들리지 않아요
자꾸 무서운 생각이 들어요
할머니 손은 약손이라는데……

눈사람 4

안과도 가야 한대요
하루하루 병원이 달라요
눈이 처지고 내려와서 안검하수라 해요
쌍꺼풀 수술도 해야 하고
아픈 곳이 매일매일 달라져 걱정이 커요
입도 삐뚤어져서 침도 맞으라 해요
눈사람 아저씨는 점점 약해져 가요
해님만 나오면 더 힘들고 있어요
응달 병실로 가야 할 것 같아요
침을 맞고 나온 아저씨
말도 시키지 말라고 일자 입을 하고 있어요
엘리 할머니 '우야노'
처방전이 달라 갸웃하면서
토끼 선생님께 일러두고 잤어요
사슴 아저씨 예쁜 발자국 찍어
꽃밭을 만들어 놓았네요
토끼 선생님 모락모락 까만 알약을 놓고 갔네요
몸이 점점 야위어 가요
아침 인사도 제대로 못 하고
자꾸 옆으로 쓰러져 가요

볼이 홀쭉하게 들어갔다고 하니
엘리 할머니 또 양악 수술을 시키래요
미용에 관심이 많은 엘리 할머니

제4부

와랑와랑*

천리향 만리향 전깃줄에 참새들
와랑와랑

잊을 만하면 나타나는
게으름뱅이 간세
와랑와랑

물감 풀어 색칠 공부
붓만 들면 바다 화가
와랑와랑

바람 한 번 안아 보고
구름 한 번 쓰다듬고
와랑와랑

큰 엉 작은 엉
바다 엉아 파도 엉아
와랑와랑 올레길

* 와랑와랑: '우럭우럭'의 제주 방언. 울리는 소리가 몹시 요란스럽게 크다.

바람 1

봄바람에 며느리 먼저 내보낸다는
시어머니바람

곡식이 혀를 빼물고 자란다는
대청마루 앞마당에 소낙비까지 몰고 오는
마파람

푸른 이마 닦아 주며
알곡까지 달고 와 가을이 통통
곡식이 여물고 서늘하게 부는
하늬바람

사랑가에 추임새 넣어
솔솔 불어 주는 가는바람

초가을 동쪽에서 갈쇠놀이 하며
꽝꽝 영그는 들판에 선물하는 갈쇠바람

매부리코 매서운 눈매
북풍 꼭대기 호령하며

달려오는 뛴바람

바람에 젖고
바람에 말리고
바람에 속고
바람에 날리는

바람 바람 바람

바람 2

한라산 꼭대기 다리 뻗어
섶섬에 발 담그고
들멍 날멍
바람 옷 차려입은 할망
머릿결 날리며
명주 속옷 한 벌 받아
백사장을 만들어 준 설문대 할망

손사래 한 번에 파도가 놀라
바닷길 열어 주고
바람도 무서워 외둘러 간다

올레길 천근만근
할망이 불어 주고
바람이 밀어 주고
너도 섞여서 간다
나도 너도 섞여서 간다

바람아 바람아
안고 가는 바람아
쉬영 갑서 쉬영 갑서.

종달리 아침

도란도란
꾀꼴꾀꼴
와릉와릉

알오름 눈망울
말미오름 엉덩이
그렁그렁
실룩실룩

빈대떡 부쳐 놓고
꿈벅 한 번 감은 눈에
한라산이 들어왔다 나간다
밟으면 꿈틀 지렁이
배시시 웃는 염소 아저씨
부지런한 참새 방앗간
전깃줄에 종달새 조회 시간이다

종달리 마을의 분주한 아침

종달 종달 종달

길 1

앞서가는 발자국 소리 예사롭지 않다
눈 감고도 사뿐사뿐 갑서 갑서

바다엔 물감을 풀어놓아
옥색 치마 너울거리고
무우꽃 인사 함박웃음 절로 나온다

하얀 집에 들어서니 바다를 향해
침대 의자가 기다리고
파도는 포말을 일으키며
수고한 다리를 어루만져 준다

길 이름 작명 시간
수녀님은 청명한 하늘을 올려다보며
오늘은 '하늘 길'

나는
옥색 파도 돌돌 말아
살포시 건네는 '옥색 치마 길'
하하 호호 하하 호호

작명 시간은 잃었던 길을
다시 찾아 준다

길 2

혼자 두고 떠나는 발길
챙기고 다짐하고 일러 주고
낯선 사람 따라가면 절대 안 됨
거리 두기, 여자가 오면 같이 걷기
어둡기 전에 숙소 찾기
주의 사항, 옙! 옙!
눈은 호랑이처럼 크게 뜨고 씩씩하고 우렁차게
하하하 용감아! 어디 갔어?
맘이 놓이지 않아 물가에 내놓은 맘
산티아고 팔백 킬로미터도 혼자 걸었는데
왜 이리 무섭단 말이지
내 나라 내 땅 눈 감고도 가는 길을
어울려 걷는 길에 주의 사항이라니
쓸쓸함이 배어든다
차귀도 넘어 석양은 뉘엿뉘엿 하루치 삶을 거두고
올레길에 들어선 이들은 보이질 않는다
무서움이 늑대처럼 쪼그라드는 맘이라
기다려 보자!
올레길 걷는 이가 올 때까지
같은 코스를 걷는 이에게 인계라도 할 요량

앞서가는 젊은 남자
손에 뭐를 쥐고 가는 것 같다
하느님, 부처님, 알라…… 모든 신들 다 모셔 와
무엇인지 파악하기
차림새로 신원 파악, 명탐정 발동 시간
'문 열어 주면 안 돼 일곱 마리 아기 염소
늑대가 나타났어요'
동화가 떠오르는 시간이다
"혹시, 수사님이 아니신가요?"
묵주로 신원을 확인하고
허허허 웃으며 "저는 신부입니다."
안심과 함께 어느새 어린아이가 되어
신부님께 인계되어 타박타박 걸어간다
'누가, 이 길을 무섭다 했는가'
헤어진 나를 두고 옆길로 들어선 수녀님
잘 부탁한다는 말을 건네고도
뒤돌아보는 수녀님
사랑, 사랑이노라!

길 3

'새 신을 신고 뛰어 보자 팔짝
머리가 하늘까지 닿겠네'

동요 부르며 걷는 길은
아버지가 따라오신다
오빠가 따라온다

'엄마가 섬 그늘에 굴 따러 가면
아기는 혼자 남아 잠을 자 ~ 다가'

바다가 불러 준다
엄마가 따라오신다
언니가 따라온다

노래하며 걷는 길
무지개 뜨고 구름 모자 쓰고
무우꽃이 반겨 주는 친구 같은 길

동요가 동나면 물 길으러 간다

옹달샘 같은 노래 샘이
신기하게도 나타난다.

길 4

혼자보다 둘이서
셋보다 넷이서
길을 점점 차지하고 걷노라면

천천히 가라 달팽이 아저씨
구불 길 알려 주는 지렁이 아저씨
걸음아 날 살려라 뱀 아저씨
그대로 멈춰라 별꽃 아가씨

길이라 이름하면
바짓가랑이 잡는 질경이 친구

길에서 만나는 친구들 인사에
놓칠세라 일렬종대
하낫, 둘, 셋, 넷

'칙칙폭폭 칙칙폭폭'

이런 길이 마구마구 열려라

길 5

바람, 바람, 바람, 윙, 윙, 윙
모자도 벗겨 가고
한 발짝 옮겨 가면 두 발짝 뒤로 미는
심술쟁이 바람

당겼다 놨다
네가 이기나 내가 이기나
바람 줄 놨다 풀었다
연줄처럼 당기고

옷섶은 바짝 당겨 안으로 여미고
바람의 결투장에 당당히 서면
꽁꽁 숨긴 용기는 건들지 못한다

길 6

천년호 유람선을 몰고 가는 새
비양 비양
쪽빛 파도를 입에 물고
중국에서 떠내려왔다는
전설을 품고 있는 비양도

노을이 바다에 스밀 즈음
수고한 하루
깃털 품고 포근히 가슴을 감싼다
비양 비양 비양

비장한 저녁 회의 시간
비양도 이장님께 보고할 것들을
물을 찍어 바위에 적고 있다
비양 비양

오늘은 요리조리 기웃거리다
목에도 걸어 보았다는 이상한 물건
서로 늘리며 쪼아 보다 턱받이가 된
비양 비양 비양

\>
비양 길에 손님 맞는 방범대원 무우꽃
경로당 유채꽃이 덩달아 의견을 모아 준다
비양 길에 자주 떨어져 있는
그 정체가 무엇인지

비양 비양 비양

길 7

　바람의 길, 해변의 길, 옥빛 바닷물의 길, 청보리 물결치
는 길, 하늘의 길, 동터 오는 길, 설문대 할망의 길, 행복의
길, 천사의 길, 새날의 길, 길동무의 길, 비양새의 길, 벗들
의 길, 만남의 길, 우정의 길, 자매의 길, 돌아봄의 길, 놀
멍 쉬멍 걸으멍의 길, 맛있는 길, 노을 길, 네잎클로버 길,

　올레길에 문패 만들어 붙이고
　내 이름도 길순이라 지었다

　'구짝 갑써'*

* 구짝 갑써: 곧장 가세요. 제주 방언.

길 8

장다리꽃 일렬로 사열받고

종달새 열병식에 초대되었다

청보리 출렁이며 군가 부르고

구름은 빗살무늬 공방을 차렸다

길 9

들멍 날멍
검은 현무암
설문대 할망 머릿결 날려
오름에 걸쳐 놓는다

세상도 섞어 주고
흩어진 마음도 모아 주고
무거운 발을 가픈하게 들어 주는
길 따라 할망은 이야기도 많다

못 가게 붙잡는 길
등 떠미는 길
할망이 만들어 준 오늘의 선물
길에 놓은 바람을 주워 들고 가는 길

큰 엉

절벽을 끌어 안고
삼킬 듯 입을 벌려
파도가 어쩔 줄 몰라 할 때
품으로 막아 주는 큰 언덕

큰 엉에 모인 해녀들

"소라 하영 잡았수광?"

담력 키우기

느릿느릿 게으름뱅이 조랑말 간세*
팔랑팔랑 손짓하는 리본 길 따라
일리일리 절리절리 걷노라면

돌담장에 쏟아진, 햇볕 즐기던 뱀 아저씨
까슬한 몸으로 줄행랑치는 꼴을 보며
혓바닥을 날름, 슬그머니 사라진다

눈 밝은 친구는 잘도 보인다
앞도 뒤도 보지 않고 등줄기 땀나게 도망치다
헐떡이며 멈춘 발길
뱀과 나는 왜 이런 결탁의 시간을 마주하는지
제발 뱀만 보이지 않게 해 달라고……

쭈뼛쭈뼛 머리카락 치솟는
대정읍 공동묘지 길
밤마다 돌아다닌다는 월하의 귀신
간장 서늘한 그대
'그대로 멈춰라'

>
뱀보다 더 무서운 길, 공동묘지 길,
일제히 일어섰다 순식간에 사라지는 귀신
'걸음아 날 살려라'
목덜미 덜컥 잡은 손
'오금아 날 살려라'
세계를 제패한 담력 단련장

* 간세: 제주 올레 상징인 조랑말의 이름.

엉또폭포*

설문대 할망의 전설이 설문설문 담겨 있는 폭포 꼭꼭 숨어
지내다
비가 쏟아질 때면 위용을 자랑한다는

"한라산 정상을 베개 삼아
고근산 굼부리에 궁둥이를 얹어
밤섬에 다리를 걸치고 누워
물장구를 쳤다는"

마을을 휘감아 돌아 가노라면 동백기름 자르르한 동백나무
사이로
언뜻언뜻 보이는 마른 물줄기 실개천이 소리 없이 흘러가고
가문가문 올라가 살펴봐도 할망은 쉬한 흔적도 없고 요강 단
지도 보이지 않는다

고실고실한 돌들 아무 일 없었다는 듯 마른 풀만 무성하고,
외로 뺀 고개
어리둥절 엉또폭포

얼토당토않다

* 엉또폭포: 제주 말에서 나온 "엉"은 작은 바위라는 뜻, "도"는 입구라는 뜻.

아름다움 모음집

새미은총의동산 걷기

양 떼와 놀기

정물오름 올라 바람 날리기

만세동산
성큼성큼 빠른 걸음 아저씨

행원포구 물빛 걸음 발자국 찍기

떠나가게 부는 바람 앞에
한라산 안아 보기

모자 벗기려 앙탈하는 바람 달래기

한 번만 눈인사 별꽃 아가씨

쌓여 가는 아름다운 곳간

자물쇠를 열어 놓았다.

가파도

가오리를 닮아서
가파리라 부르다
덮개 모양을 닮았다 하여
개도蓋島라 부르다
발자국들이 만들어 준 섬 이름

담장엔 예술가의 손길로 이야기꽃이 피고
벽화 속 강아지가 뛰어나와 반긴다
말잔등 같은 부드러운 곡선
청보리가 출렁이고
부드럽게 안아 주는 보리밭 사잇길로
연인들은 세레나데를 부른다

손잡고 걸으면 연인들의 길
효도 의자 앉으면 멋진 사진관
배꼽시계 울리면 짜장면까지

전교생 한 명
선생님 세 명
졸업생 한 명

>
가파도 졸업생 '육지에 가다'
플래카드 휘날리며 꼴찌가 없는 가파도 분교

누구든지 가고 싶어
가파도란다.

마주 보다

기찻길은 나란히 달린다
멈추지 않고 달린다
기차역 우동 한 그릇

후르륵
후르륵
조금 더 가까이

기차에서 내려
마음을 포개 본다

우동 한 그릇에 마음이 열리고
기웠던 마음 덧대어
마주 보며 멈춰 선다

기찻길에 새로 놓인
마음의 다리

산티아고 순렛길

아득하기만 했던
눈썹도 떼어 놓고 싶었던 길
무거운 등짐 지고
삶을 저울질해 보았던 길

수채화 같은 산 넘어
성당이 보일 때, 새들이 앞장서고
쉬어 가라 일러 주는 바람 우체부
바람 편지 들고서 주소를 적는다

부엔 까미노! 인사말을 손에 쥐고
바람에 놓치지 않고 품에 안고 가던 길

그리운 발자국만 남았다

뜸 들지 않은 시

옹기종기 모여 앉아 콩을 세고 있다 파르르 떨며 벌레 먹은 콩은 잘도 숨는다

잘생긴 콩이 눈살을 찌푸려도 몸을 비빈다 우체부가 올 시간 대문 밖을 쳐다보고

콩 한 주먹 옮겨 놓고 부뚜막에 그을린 검은 연기 이마 내밀면 가. 나. 다. 라 글자로 한글 익힌다

가마솥 계란찜이 벙글벙글 빨간 팥이 톡 터져 밥물이 들 때면 활활 타던 장작불 두드려 끄며

'뜸 들지 않은 밥 퍼내지 마라'

동화적 상상력, 그리고 디스토피아
—김젬마 시집 『와랑와랑』 읽기

오민석(문학평론가, 단국대 교수)

1

예술가들이 유년을 소환하는 것은 그것이 경험된 유토피아이자 동시에 사라진 아르카디아Arcadia이기 때문이다. 오지 않은 유토피아는 비현실적으로 존재한다. 그러나 경험한 유토피아는 그것이 상실된 공간에 좀비처럼 계속 출몰한다. 유년이 모두 유토피아일 리 만무하다. 그러나 유년은 유토피아의 수많은 예각으로 빛난다. 그것은 바람처럼, 숨결처럼, 지옥의 성인 세계에 천국의 입김을 불어넣는다. 왜냐하면 워즈워스W. Wordsworth의 말대로 "천국은 우리의 유년 안에 흩어져 있기" 때문이다. 그러므로 유년의 회상은 천국이 아닌 세상에서 천국을 꿈꾸는 일이며, 현재에 대한 거부이고, 완성되지 않은 유토피아를 현실로 끌어들이는 행위이다. 유토피아는 달처럼 빛나며 궁핍의 현재를 비춘다. 이런 면에서 예술가들은 유토피아의 발명자이며, 빛나는 태양으로 어둠의 현재를 비추는 자들이다. 김젬마 시인은 이 시집에서 사라진 혹은 도래할 유토피아를 자꾸 호출한다. 그녀의 동화적 상상력은 독자들을 순수하고, 단순하며, 기쁘고, 평화로운 천국으로 이끈다. 그녀의 그림에서 사람과 동물, 사람과 사물, 어른과 아이는 불화하지 않는다.

> 반딧불이는 꽁지 불 붙이고
> 무도회 준비에 한창이다
> 기회를 노린 모기 친구들
> 관객들 틈에 슬며시 앉는다
> 맛있는 저녁 밥상이 으하하하
>
> 초대받은 루나는
> 뾰족한 주사를 알아차리지 못하고
> 모기들의 밥상이 되었다
> 야속한 숲속 친구들아
> 꽃무늬 된 내 팔뚝 좀 봐
>
> —「숲속 친구들」 부분

크게 네 부분으로 이루어진, 비교적 긴 분량의 이 작품에서 "사슴" "구름" "다람쥐" "토끼" "청설모" "반딧불이" "모기" 그리고 "루나"라는 이름의 유아는 모두 동화 속의 "친구"들

같다. 그것들은 서로 다투거나 시기하지 않으며, 천상의 존재들처럼 오로지 기쁨과 유쾌함으로 서로를 채운다. 네 편의 「눈사람」 연작이나, 「행복 미장원」 같은 다른 시들 속에서 중심은 항상 아이에게 가 있으며, 화자는 아이의 눈높이와 시각으로 내려와 "친구"처럼 함께 세계를 읽는다.

> 초록 바람으로 풍차 손을 빌려 구름 공장 차렸다
> 바람개비 열심히 부채질하며 구름을 밀어 올린다
> 초록 바람 아저씨 바쁘다 바빠
>
> 솜사탕이 먹고 싶어 부탁해도 될까요?
> '구름 공장 아저씨 힘 좀 써 봐요'
>
> 손바닥에 주문서 펴 보입니다.
>
> ─「구름 공장」 전문

부재의 유토피아는 동화적 상상력에 의해 존재 안으로 들어온다. 동화적 상상력이 볼 때, 유토피아는 세계의 어디에나 흩뿌려져 있다. 시인은 현실의 눈이 보지 못하는 세계를 가시화한다. 이런 점에서 유토피아는 항상 발명되고 생산되는 것이다. 누가 감히 위 작품이 보여 주는 세계를 '거짓'이라고 부를 수 있나. 시인은 보이지 않는 것을 보이게 하고, 들리지 않는 것을 들리게 한다. 유토피아의 힘은 현실을 다른 각도로 읽어 내는 것이다. 바람과 구름이 "바람 아저씨"와

"구름 공장 아저씨"가 만들어 내는 것이라고 이야기한다고 해서 현상 자체가 왜곡되지 않는다. 현상은 그대로 있되, 그것에 대한 지각만이 달라질 뿐이다. 문학은 사물에 다른 이름을 붙여 줌으로써 지각의 새로운 지평을 연다. 사물에 낯선 이름이 붙여질 때, 유토피아가 비집고 들어온다. 그것은 그것대로 현실이며, 예술가에 의해 비존재에서 존재로 전환된 세계이다.

루나!
"하느님 날이가 더워서
해님이가 추워지게 해 주세요"

태양이!
"하느님 구몬 수학 그만하게
해 주어서 고맙습니다!"

고사리손에 모아진
간절한 기도

하느님은 슬며시 웃고 계시네

—「기도」 전문

완성된 유토피아에서 자연-사람-절대자는 하나의 같은 궤도 안에 존재한다. 서로의 문법이 완전히 일치하여 갈등과

길항拮抗이 전혀 없는 상태야말로 천국이다. 천국은 자연-사람-절대자 사이에 '타자성'이 사라지고 완벽한 상호 내주 Perichoresis가 실현된 상태이고, 이것이야말로 유토피아의 종착지이다. 의심과 회의와 부정이 존재하지 않는, 이런 순수의 극치는 오로지 어린아이의 시각을 통해서만 온다. 예술가들의 유토피아 충동이 동화적 단순성을 향해 있는 것도 바로 이런 이유 때문이다. 세계는 너무 많은 것들이 들어와 불투명해진 유토피아 같다. 시인은 혼탁해진 세계의 창을 닦음으로써 '최초'의 세계를 복원한다. 최초의 세계는 단순하고 순수하다. 그런 점에서 유토피아는 사라진 것이 아니라 '보이지 않게 된 것'이다.

2

유토피아 욕망의 가장 큰 문제는 유토피아의 그늘로 현실을 지우는 것이다. 현실을 사장한 유토피아는 공허한 꿈이된다. 현실로 가는 통로를 유폐한 유토피아주의를 때로 낭만주의라 부른다. 그러나 김젬마 시인은 유토피아의 하늘을 가로지르는 현실의 굉음을 놓치지 않는다. 앞에서 보여 준 유토피아 풍경의 외곽엔 늘 파괴와 죽음의 그림자가 어른거린다. 따라서 그녀는 낭만주의가 아니다. 그녀는 죽음과 멸망의 소리를 들으며 유토피아를 발명한다는 점에서 비판적 리얼리스트이다.

사이렌이 울리고

달리던 차들은 갓길로 들어선다

초를 다투는 급박한 상황

휴대폰을 꺼내 든다

…(중략)…

뭉게구름, 양털구름 그리던 손가락 붓

할머니의 이야기가 옛날이 된 지 오래다

손가락은 독수리 부리가 되어

독소를 뿜는 총구가 되었다

손에 손에 들린 무기

가장 귀한 대접을 받고 있다

이 난무한 손을 언제쯤 합장할 수 있을까

언제쯤 화첩에 그림을 그릴 수 있을까

손가락 붓으로 세상을 따뜻하게

어루만지시는 할머니가 그립다.

—「네 손에도 내 손에도」 부분

　"네 손에도 내 손에도" 들려 있는 것은 "휴대폰"이다. 위기
와 위험의 신호("사이렌")가 들릴 때조차도, 이제 구원의 주체
는 사람이나 절대자가 아니라 휴대폰이다. 이제 유토피아는
"뭉게구름" "양털구름" "할머니의 이야기"가 아닌, 휴대폰 안
으로 유폐되었다. 먼 과거에 유토피아를 그리던 "손가락 붓"

은 이제 "독소를 뿜는 총구"가 되었다. 휴대폰은 상상력을 죽이고, 인간적인 관계를 죽이고, "세상을 따뜻하게/ 어루만지시는 할머니"의 서사를 지운다. 휴대폰은 유토피아의 원原-주체인 어린아이들의 손에도 예외 없이 들어가 있다. 휴대폰은 "화첩에 그림을" 그리는 대신에 차가운 정보를 전달한다. 유토피아적 상상력은 이제 "옛날이 된 지 오래"이다. 시인이 이렇게 구체적인 기술 미디어 시대의 풍경을 그려낼 때, 우리는 그녀가 왜 동화적 상상력을 동원하는지 비로소 알게 된다. 모든 유토피아 욕망은 현실의 궁핍을 인지할 때 가동된다. 남루한 현실이야말로 유토피아의 샘물이다.

워킹을 한다. 잘록잘록 휘청휘청 무대를 걸어온다. 채점 판에 숫자 쓰는 심사 위원들 누가 더 말라깽이인가 심사한다. 앙상한 어깨 위에 걸쳐 입은 화려한 모델들 눈물이 조롱조롱 발등에 떨어질 듯 아슬거린다. 주린 배를 움켜쥔 아프리카 여인들, 허리띠를 졸라매던 춘궁기 여인들, 먹기를 거부한 모델들의 행진, 세상은 혼돈스럽다. 거식증에 신음하는 외침 소리, 조롱 섞인 웃음, 세계를 제압할 최신 모드, 그대들은 모두 최고의 모델 라인이었다. 죽은 영혼들이 일제히 일어서 걸어 나온다. 화려한 조명 속으로 워킹을 한다. 출구를 허우적거리며 여전히 말라깽이는 위대한 찬사를 받으며 걷고 있다.

—「독일인의 변명」 전문

"주린 배를 움켜쥔 아프리카 여인들"이나 "허리띠를 졸라매던 춘궁기 여인들"은 가난의 현실의 몸들이다. 그들은 먹을 것이 없어 여윈다. 그런데 "모델"로 상징된 자본의 몸들은 스스로 몸의 가난을 선택하는 자들이다. 그들은 먹는 것을 거부함으로써 "세계를 제압"하려는 신종 인류이다. "말라깽이"를 자랑으로 아는 "최신 모드"의 몸에서 시인은 "신음하는 외침 소리, 조롱 섞인 웃음"을 듣는다. 모델들이 "화려한 조명 속"에서 걸어가는 모습을 시인은 "죽은 영혼들"의 행렬로 읽는다. "먹기를 거부"함으로써 자연의 몸을 혹사한 "말라깽이"에게 "위대한 찬사"를 보내는 것이 지배적인 문화가 되었다. 시인의 동화적 상상력 혹은 유토피아 욕망은 이런 궁핍한 현실의 바닥에서 마치 무의식처럼 치고 올라온다. 그러므로 역설적이게도 디스토피아가 유토피아를 낳는다는 말은 정확하다. 디스토피아의 시민권을 자랑하는 자들은 절대 유토피아를 꿈꾸지 못한다. 디스토피아를 거부하는 난민들만이 유토피아의 대륙을 소망한다.

침묵이 깊숙이 파고든다
놓칠 듯 맥박이 손에서 사라져 간다. 어느 허공을 잘라 내어 가위질해야 할지.

가물거리는 의식 하얀 시트 위에 토막 나고 있다.
—「하얀 시트」 부분

유토피아의 아름다운 풍경들을 담은 이 시집의 곳곳에는

이렇게 죽음에 대한 성찰을 담은 시들이 등장한다. 이 시집에서 죽음은 마치 지뢰밭처럼 유토피아적 상상력의 여기저기에 흩어져 있다. 이 작품 외에 「앰뷸런스」「달랑 남은 나뭇잎」「연도」 같은 시에서도 시인은 죽음에 관한 명상을 보여 주는데, 이런 배치는 이 시집의 유토피아적 그림이 '낭만적 도피'가 아님을 알려 준다. 그녀의 동화적 상상력은 생의 유한성에 대한 고통스러운 인식의 결과이고, 세계의 남루함에 대한 비판의 효과이다.

> 공포의 바이러스 사정없이 다가온다
> 공생하고 싶다고 슬며시 기어든다
> 뉴욕 JFK 공항은 폐허가 된 모습으로 참혹하다
> 꽝꽝 닫힌 상가들 검은 리본을 달고 배웅한다
> 공항으로 공항으로 이어지는 하루
> 서로가 서로를 경계하며
> 급히 비행길에 오르는 사람만이
> 무거운 가방을 옮기고 있을 뿐……
>
> ─「지구촌의 하루」 부분

시인이 최근에 만난 디스토피아는 당연히 코비드 팬데믹이다. "폐허가 된" 지구는 재난 영화가 현실화된 것처럼 참담하다. 「돌팔이 약장수」「19 경고장」 같은 시들은 개발 자본의 독주 끝에 최대의 위기에 몰린 지구(인)의 풍경을 보여 준다. 시인이 그린 유토피아 풍경의 배후에는 상상력과 인간적 서사를 앗아 간 테크놀로지, 죽음, 바이러스의 검은 그림자들이 늘 얼씬거린다. 현실에 대한 이 어두운 채색 덕분에 그녀의 동화적 상상력은 더 큰 설득력을 얻는다.

3

지금까지 살펴본 것처럼 김젬마는 디스토피아의 시궁창에서 유토피아를 꿈꾸는 시인이다. 그녀의 시적 궤적은 디스토피아의 바닥에서 유토피아의 하늘로 이어져 있다. 그는 동화적 상상력으로 유토피아를 구축하고, 그 이상적인 거울로 디스토피아의 현실을 내려다본다. 디스토피아의 궁핍은 유토피아의 앵글로 들여다볼 때 가장 잘 드러난다. 디스토피아와 유토피아로 건너가는 길목에서 그녀가 가끔 회상하는 아름다운 풍경이 있다. 그것은 주로 어머니에 대한 기억이다.

> 가난이 문지방을 타고 넘어
> 지게 다리 밑에 앉아
> 숨어서 보고 있다
>
> 밥심으로 살으셨다는
> 솥뚜껑의 비밀을
> 이제야 알 것 같다

엄마 냄새였구나

―「밥 냄새」 부분

「어머니」「외상 장부」와 같은 다른 작품들에서도 드러나지
만, 그녀에게 있어서 어머니는 현실과 유토피아적 노스탤지
어가 겹치는 공간이다. 어머니를 에워싸고 있는 상황은 주로
가난이라는 엄정한 현실이고, 그 안에서 살아간 어머니는 유
토피아적 타자이다. 위 작품에서도 "밥 냄새"는 한편으로는
가난의 냄새이자 다른 한편으로는 그리운 엄마의 냄새이다.
그것은 궁핍의 현실에 대한 회상과 사라진 품 혹은 유토피아
에 대한 향수를 동시에 보여 준다.

디스토피아와 유토피아적 상상력의 다리에서 시인이 가끔
묵상하는 또 다른 세계가 있다. 그것은 고비사막이나 캄차카
반도 같은 먼 이국의 풍경이다. 그것들은 절대 고원高原의 공
간들로서 디스토피아와 유토피아의 길항에서 그녀가 잠시 빠
져나와 머무는 곳이다.

물과 바람과 순록 고귀한 뿔을 달고 달리는 순록과 몰이꾼
의 결투, 가장 적은 고통으로 신성한 양식을 준비하며 한 방
울의 피로 대지의 영혼을 달랜다. 흔적을 지우고 순록을 사랑
하며 함께 동행하는 유목민, 게르 천막에 하늘이 열리고 쏟
아져 내린 별을 받아 갓 잡은 순록 고기와 연어알을 빵에 얹어
따뜻한 식탁을 차린다

―「불의 땅 캄차카」 부분

이런 이국의 공간을 대할 때, 시인은 훨씬 더 차분해진다. 그녀가 훨씬 더 고요해지는 이유는 이런 공간이 테크놀로지와 자본의 지배에서 상대적으로 멀리 떨어져 있기 때문이다. 이곳에서 "순록과 몰이꾼의 결투"는 싸움이나 갈등이 아니라 자연스러운 질서가 되며, "한 방울의 피"는 비극이 아니라 "대지의 영혼"을 달래는 매개가 된다. 순록을 사냥하되 그것을 "사랑하며 함께 동행하는 유목민"이야말로 (코비드 사태와 같은) 문명-과잉의 정반대 편에 있는 자연적 주체가 아닌가.

이렇게 살펴보면, 이 시집은 결국 디스토피아와 유토피아 사이에 펼쳐진 다양한 풍경들의 광활한 스펙트럼이다. 그곳엔 구제 불능의 현실이 있는가 하면, 궁핍의 과거가 있고, 거친 현재가 있는가 하면, 유토피아적 유년이 있다. 그녀는 이 복잡다단한 길을 냉정한 현실 인식과 동화적 상상력이라는 두 개의 붓으로 그려 낸다.

천년의시인선